POÉSIES

SUR

Couze, Thiers, la Franc-Maçonnerie

ET CHANSONS

Sur Couze et l'Emouleur Français.

PRÉCÉDÉES D'UNE PRÉFACE SUR COUZE

PAR

BALLANDE-FOUGEDOIRE

Fabricant de papier,

Membre de la Société d'Etudes de THIERS (Puy-de-Dôme).

THIERS

IMPRIMERIE ET LIBRAIRIE TREILLE DE GRANDSAIGNE.

SEPTEMBRE 1873.

POÉSIES

SUR

Couze, Thiers, la Franc-Maçonnerie

ET CHANSONS

Sur Couze et l'Emouleur Français.

PRÉCÉDÉES D'UNE PRÉFACE SUR COUZE

PAR

BALLANDE-FOUGEDOIRE

Fabricant de papier,

Membre de la Société d'Etudes de THIERS (Puy-de-Dôme).

M∴

C∴

THIERS

IMPRIMERIE ET LIBRAIRIE TREILLE DE GRANDSAIGNE.

SEPTEMBRE 1873.

COUZE

ou

LE GRAND CATACLISME

———————————

Thiers, juillet 1873,

Le lecteur qui voudra bien me faire l'honneur de lire ces quelques vers que je viens de composer au sujet de mon pays : Couze, où je suis né le 11 juillet 1814, et dont je fais porter le nom à mon petit ouvrage, bien à juste titre, puisqu'il lui sert de canevas.

Je dois donc mettre mon lecteur au courant, car il resterait bien longtemps pour se rendre compte de l'application du mot.

Bien que Couze, par sa position géographique, son bon vin d'embarcation (vin de Bordeaux) et ces nombreuses papeteries, le mettent en rapport avec les peuples les plus éloignés, ces fabriques travaillent beaucoup pour l'exportation. Mais dans le fond Couze n'est pas assez important pour être connu de tout le monde.

Je crois devoir faire cette observation à mon lecteur : Couze est un grand bourg, situé au confluent de la Dordogne, qui le traverse dans sa largeur ; les trois quarts et demie du pays se trouvent sur la rive gauche de cette grande rivière, il est bâti en amphithéâtre sur le versant d'une petite montagne très-fertile, dite le *Tertre-du-Château* ; ce nom dérive d'un vieux château fort à l'architecture romaine, qui couronne cette petite montagne. Mais ce vieux monument est complètement en ruine, on ne l'a pas respecté, c'est dommage ; je comprends que c'était une belle cage qui, dans les siècles plus reculés, avait renfermé de bien vilains oiseaux.

Cependant les plus belles maisons sont bâties dans la plaine, soit sur le bord de la grand'route ou celui de la Dordogne, d'autres sur le bord de la petite rivière, dite la Couze, qui traverse le pays dans toute sa longueur, qui arrose ses belles prairies, fait marcher ses nombreuses fabriques, et se perd dans la Dordogne, à Couze même, en lui donnant son nom et fait sa richesse. Quant la Dordogne déborde les fabriques lés plus rapprochées sont submergées par ses eaux, ce qui arrive rarement, mais on le voit de temps en temps quand elle déborde. Mais ces débordements ne font point de ravages à Couze qui se trouve très-bien abrité par la hauteur du rivage, la Dordogne se trouve très-bien encaissée en face Couze, de plus le pont le protège encore contre la rapidité du courant.

En face Couze, sur la rive droite de la Dordogne, se trouve le petit faubourg, dit le Port-de-Couze.

Le petit faubourg n'est jamais submergé, le sol n'est pourtaut pas plus élevé sur la rive droite de la Dordogne que sur la rive gauche : enfin ce petit faubourg ne laisse rien à désirer, il posséde une fontaine qui donne 25 litres d'eau à la minute ; elle ne supporte jamais l'influence de l'été.

Comme site, le Port-de-Couze, c'est le nom du petit faubourg qui se trouve sur la rive droite de la Dordogne, possède une dizaine de maisons, il communique avec Couze par un magnifique pont en pierre, Eh bien , ce petit faubourg est bâti dans un vrai paradis terrestre, il est traversé par deux grandes routes, celle du Mont-Daure à Bordeaux, et celle de Cahors à Bordeaux, qui se communique à celle de Périgueux et de Limoges ; il se trouve placé entre le grand canal de navigation et la Dordogne et sur le bord du grand bassin, à deux kilomètres de la ville de Lalinde, qui est le chef-lieu de canton, et à dix kilomètres de la jolie ville de Bergerac, chef-lieu d'arrondissement, renommée par ses vins blancs ; mais ce qui lui donne plus de valeur encore, c'est qu'il est à un kilomètre de la grande papeterie de Rotersac ; j'ai voyagé 25 ans la France et l'étranger, eh bien, Rotersac est la plus belle fabrique j'aies vu de ma vie sous tous les rapports.

Mon cher lecteur, que Dieu vous préserve d'être condamné à voyager jusqu'à ce que vous ayez trouvé un autre Rotersac : vous voyageriez bien longtemps, il n'y a pas deux Rotersac.

De l'église, où il existe une place, autrefois le cimetière, on aperçoit deux fabriques à papier, à 9 mètres environ, désignées sous le nom de le Barraud-Vieux et le Barraud-Neuf, ces deux usines appartiennent à M. Prat-Dumas ; c'est-à-dire où se fabrique le papier rond. En face de l'église on voit une jolie maison : c'est le presbytère et a vos pieds vous voyez une belle fontaine dite la *Fontaine chaude* ; de ce point vous découvrez les ruines du vieux château de Couze, ici vous êtes frappé de je ne sais quoi. A l'aspect d'un si beau panorama, vous ne vous ennuyez pas , toujours une chose nouvelle vient vous frapper la vue pour finir agréablement votre excursion. De là vous vous dirrigez du côté de la Dordogne, vous traversez le grand pré par un petit sentier situé au bord de la rivière ; puis vous arrivez à la papéterie de Vallette pour aller aux Guillandoux, vous avez un chemin dit Lageoncal ; c'est un chemin à passer trois voitures de front ; à votre gauche vous avez un autre grand chemin pour vous rendre à la route du Mondonel ; ce grand chemin traverse un autre grand chemin nommé le Chemin-du-Champ, qui dessert la fabrique. Ici depuis Vallette, si vous voulez vous rendre sur la grand'route vous traverserez la Couze sur un fort beau pont en pierre et vous arrivez à votre destination par le chemin de la Grange-Route.

Il est inutile de dire que l'on peut circuler sur les deux rives de la rivière ; et vous, mon cher lecteur, qui avez des connaissances, qui avez voyagé ; vous qui aimez tout ce qui représente la nature, vous ne doutez pas qu'une vallée où l'industrie est si considérable, n'aies pas un grand chemin pour amener à Couze et desservir les fabriques.

Cher lecteur, je vais vous faire observer que, malgré mon bon vouloir, je puis commettre quelques erreurs, très légères peut-être, mais j'ai 59 ans, etj'ai habité tout au plus mon pays pendant 42 ans, encore est-ce à plusieurs reprises.

Il existe des communications de chaque côté de la rivière, non-seulement pour agrément, mais encore pour utilité publique. Quand vous êtes arrivé sur le bord de la Dordogne ; si vous voulez vous rendre à St.-Front, vous n'avez qu'à monter tout le long de la rivière ; la paroisse de St.-Front est annexée à celle de Couze depuis 1838. Si au contraire vous voulez descendre à Varenne, vous descendrez le long de la Dordogne ; ces deux beaux pays se trouvent sur la rive gauche ; ils se communiquent par une route d'agrément et de beauté, difficile à dépeindre.

Quand vous serez à Varenne, arrêtez-vous un moment dans ce beau et riche pays. Si vous avez lue l'histoire de notre première révolution, le nom de Varenne est devenue historique depuis 1793, c'est là que le roi de France Louis XVI fut arrêté. Ce qu'il y a de remarquable à Varenne-Périgord, outre la beauté du pays, c'est la bonté des habitants.

Enfin, quand vous aurez visité Varenne, vous irez voir Lanquet qui se trouve à un quart d'heure ; cet endroit est un bien beau pays d'environ 1,000 habitants. Quant vous aurez fait cette tournée, vous pourrez vous flatter d'avoir vu un beau pays. — Pour coucher et prendre vos repas, vous serez très-bien à Couze, à l'hôtel des voyageurs, tenu par M. Manset.

Voilà, mon cher touriste, tout ce que je puis faire pour vous ; si je puis vous être utile en quoique ce soit, je ferai tous mes efforts pour vous être agréable. Je connais, par expérience ce qu'est le voyage. J'aime mon pays et suis tout à la fois patriote, national et très-libéral innovateur. J'aime les étrangers.

Puisque nous avons parlé de l'industrie de ce beau pays, nous allons indiquer ces produits. Couze fourni en abondance de bons vins rouges et blancs. Ces fruits sont très-recherchés, ces figues surtout peuvent lutter avec celles de Provence; il fourni de très-bons tabacs, il possède de très-belles carrières de pierres blanches très-recherchées ; ces prairies fournissent de très-bons foins et avec abondance; dans les environs de Couze on trouve aussi de très-bonnes mines de fer.

Quoique je sois du pays, j'ai toujours conservé mon impartialité et je parle ici sans parti pris.

Cher lecteur, si un jour vous êtes appelé à traverser le département de la Dordogne, ne regrettez pas de faire quelques sacrifices pour aller visiter ce pays. Quand vous l'aurez bien parcouru vous vous direz à vous-même : voilà où je voudrais vivre et mourir. Mais pour bien vous rendre compte, faites quelques excursions dans les environs, allez un jour voir la petite ville de Beaumont ; tout en longeant la Couze vous ferez votre première promenade sur la rive droite de la rivière, vous verrez d'abord le moulin de Bayac, jolie papeterie à 300 mètres environ de Couze, vous passerez ensuite tout près d'un autre joli moulin à blé dit les Ybernas, puis à quelques pas plus haut vous trouverez la forge du Colombier. Après avoir passé la forge, vous traverserez le beau village de la Gravette; là vous pourrez vous arrêter pour déjeûner, il y a une très-bonne auberge, vous pourrez y prendre votre café, ensuite vous donnerez un coup d'œil aux belles carrières de pierres blanches qui sont à deux pas du village et vous continuerez votre promenade toujours le long de la rivière; à 2 ou 300 mètres plus haut vous trouverez le moulin à blé de Montbrun ; puis enfin, à demi-heure de Montbrun, vous traverserez la rivière sur un beau petit pont en pierre, dit le pont des Taillades et vous remontez à Beaumont; là vous vous reposerez deux heures, vous dînerez ensuite, vous reprenez après le chemin de Couze en descendant le long de la rivière, passant sur la rive gauche; vous traverserez la belle prairie de Vane, vous passerez sous les croisées de son beau château, vous en faites de même au château de Bayac, puis vous arrivez au petit village de Bourzac ; là vous pourrez y prendre un verre de vin, il y a une auberge très-bien tenue ; puis vous descendrez à Couze, toujours dans les prés et sur la rive gauche de la rivière, s'il vous fait plaisir vous traverserez la rivière sur un pont en bois, vous irez visiter le moulin de Bayac ; vous repasserez la rivière sur ce même pont et vous descendrez à Couze en traversant les prés dits Sous-le-Roc. A dix pas plus loin, vous arrivez aux carrières de pierres, vous êtes au bout du grand pont de pierre qui traverse les deux bras de la Couze ; sa longueur et de 100 mètres environ, au bout de celui-ci un autre pont en bois traverse la mère-rivière ; en traversant ces deux ponts vous revenez sur la place de l'église, votre point de départ.

Revenons à Couze.

Couze est en petit ce que Lyon est en grand ; regardons la Dordogne à Couze comme nous regardons le Rhône à Lyon qui le traverse dans sa largeur, et supposons que la Saône qui le traverse dans sa longueur soit la petite rivière dite la Couze qui traverse le pays dans sa longueur en lui donnant son nom et fait sa richesse ; mais elle est bien moins forte que la Saône. La Couze, avec une chute d'eau de deux mètres, au moyen d'une roue bien montée, donne une force motrice, d'environ 35 cheveaux ; c'est une eau de fontaine très-claire et les chûtes sont très-rapprochées l'une de l'autre et toutes bien utilisées, cela se comprend facilement dans un pays aussi rapproché de Bordeaux et dont les communications sont faciles par la Dordogne. De plus, le pays est sillonné de grandes routes ; il le sera bientôt par des chemins de fer.

Nous venons de comparer la Saône de Lyon à la Couze. Mais cette dernière joue un autre rôle ; la Saône ne fait pas marcher de fabrique, et la Couze, à partir de sa source jusqu'à son embouchure, parcours de vingt-neuf kilomètres environ, arrose des prairies magnifiques, fait marcher des forges de premier ordre, des moulins à blé ; mais sa plus grande industrie c'est sa papeterie. Couze est pour la papeterie ce que Thiers est pour la coutellerie, proportionellement à sa population, Couze a environ 600 habitants ; ces maisons sont très-bien bâties et toutes en pierres ; les rues ne sont pas droites ; les maisons sont éloignées les unes des autres ; les fabriques avec leurs beaux jardins, occupent une large partie du pays. La longueur du grand bourg est d'environ deux kilomètres, sa largeur est d'environ un kilomètre et demi.

Eh bien dans ce court trajet, en 1834, je partis pour faire mon tour de France, pour ne plus y rentrer qu'en 1862. A cette époque Couze possédait 13 fabriques à papier et deux moulins à blé dans un parcours de deux kilomètres. Quand j'y retournai en 1862, après une absence de 28 ans, j'y trouvai du changement, il y avait moins de fabriques. De mon temps c'était des fabriques à bras, aujourd'hui ces fabriques sont montées au nouveau système, c'est-à-dire à la machine, et les petites fabriques sont annexées aux grandes ; il s'y fabrique davantage de papier qu'à mon époque.

Couze a toujours fourni de bons papetiers, et cela est facile à comprendre, quand on sait que la papeterie est pour ainsi dire la seule industrie du pays ; on apprenait ce métier de bas-âge, les enfants travaillaient fort jeunes. Moi j'ai commencé à l'âge de six ans, j'en ai cinquante-neuf, j'ai toujours travaillé et je ne sais pas encore quand je finirai. J'ai pourtant droit à ma retraite.

Aussi si la papeterie a fait des progrès, Couze en a toujours fait pour sa part. Les formes dites à jour, furent inventées par M. Ballande, de Couze ; cette invention remonte à l'année 1821 ou 1822. L'invention du papier rond est due à M. Prat-Dumas, fabricant de papier à Couze et natif du pays. M. Prat-Dumas, avant sa mort, en 1870, était arrivé à fabriquer le papier rond à la machine. La papeterie doit une statue à ce grand innovateur et la démocratie une autre.

Si Dieu récompense les bons, M. Prat-Dumas sera récompensé.

COUZE ou le GRAND CATACLISME

J'entreprends, mon ami,
Une rude besogne.
De chanter mon pays
Au bord de la Dordogne,
Je manque de savoir,
Je me connais moi-même.
Malgré mon bon vouloir,
Je ne suis pas en même ;
Cependant, Dieu l'a dit,
Sa voix c'est faite entendre,
Muze prend ton parti,
Ne te fais pas attendre
Chantons ce beau pays,
Ce jardin de la France ;
Chantons ce paradis
Berceau de mon enfance ;
C'est là que la vertu
D'une main bienfaisante
A toujours secouru
L'humanité souffrante.

Pour entreprendre, enfin,
Tout nous paraît facile ;
Conduire à bonne fin
Est un peu difficile.
Que la difficulté
Ne nous arrête pas,
C'est pour la vérité
Faisons le premier pas.

A l'ombre d'un charmeil,
Au bord d'une rivière,
Un soir le doux sommeil
Vient fermer ma paupière ;
On sonnait l'angelus
Tout fuyait les campagnes,
Fébus ne dorait plus
Le sommet des montagnes.

Pendant que je dormais
Sur ce tapis de fleurs,
Un rêve me flattais,
Prolongeais mon bonheur.
Un fantôme galant,
Après trente ans d'absence,
Me montre, en me parlant
Le lieu de ma naissance.

Sur un fougueux coursier
Je quitte la Limagne :
Vite, pour Montpasier,
Je me mis en campagne.
Quatre chevaux légers
Nous conduisaient sans peine,
Quand de douze étrangers
La voiture était pleine.

Enfin, une heure après,
Nous dit le postillon,
Nous sommes au relais,
Nous sommes à Beaumont ;
Nous prîmes le café,
Nous partîmes bientôt,
Nous passâmes à côté
D'un tout petit château.

Nous marchions à pas lents
Le long de la colline,
J'admirais le courant
De la Couze argentine,
En face d'un café
La voiture s'arrête,
C'est pour prendre un paquet,
Nous sommes à la Gravette,

Je saisis l'occasion
Pour mettre pied à terre,
Sitôt le postillon
Vient m'ouvrir la portière ;
Monsieur veut-il descendre
Me dit-il poliment ;
Ne faites pas attendre,
Profitez du moment.

Dans ce même café,
J'entrai prendre la goutte.
Je traverse un grand pré,
Je quitte la grand route ;
Ma canne sous le bras,
Mon habit et ma blouse,
Et marchant à grand pas
Je me rendais à Couze.

Marchant au bord de l'eau,
Traversant un pré vert,

J'entendais le marteau
Résonner sur le fer ;
La grande cheminée,
En forme d'une tour,
Vomissait la fumée,
Obscurcissait le jour.

Pour reprendre mes forces
Je m'arrêté à Bourzac ;
Je fus faire deux porces
Au moulin de Bayac :
Les ouvriers m'ont reçu
Avec tant de bonté,
Je fus vraiment confu
De tant d'honnêteté,

Je brossais mes souliers
Pour me mettre en chemin,
Je donnais aux ouvriers
Une poignée de main.

Mon repos était près,
Ce n'était pas sans peine,
Je traversai le pré
D'un tout petit domaine ;
Le chien en me voyant
Se sauvait au plus vite,
Et puis, en m'aboyant
Me faisait la poursuite.

Dans le plus vif transport,
Courant à perdre haleine,
J'arrivai à bon port
Au bord d'une fontaine,
Quand son liquide, enfin
Abreuve un long fossé,
Sortant de son bassin,
Arrose le grand pré.

J'ai voulu découvrir
Ta riante campagne ;
Il m'a fallu gravir
Ta plus haute montagne.
Là j'en ai vu des grises,
Le soleil était chaud,
J'ai mouillé deux chemises
Pour monter au château.

J'arrivai fatigué
Sur le petit plateau ;
Mon regard fut frappé
D'un terrible fléau,
Je différai longtemps,
Voyant une croix noire,
C'est un de mes parents,
Elle est à sa mémoire.

Je visitai l'enceinte
De ce lieu de douleur,
Quand soudain une plainte
Me frappa jusqu'au cœur.
Un petit mausolée,
Entourée d'une grille,
Dans ce lieu désolé,
Met en deuil sa famille.

Je te fais mon adieu,
Oh vertueuse femme,
Et je pries le bon Dieu
De conserver ton âme,
Ta place est réservée
Aux rangs de ces élus ;
Te voila compensée
De tes rares vertus.

C'est le jour, Dieu merci,
Je ne dois pas me plaindre,
C'est quatre heures demie,
Le jour commence à poindre,
Je suis glacé de froid,
Je reviens au plateau
Visiter une fois
Les ruines du château.

Sur ce mont de Titan
Me voici de retour,
Dis-moi grand monument,
Qui t'a rasé ta tour ;
As-tu de Jupiter
Éprouvé la colère ;
Plutôt, as-tu souffert
Du fléau de la guerre.

Qu'est-elle devenue
Ta grandeur gigantesque,
Je n'ai plus à ma vue,
Qu'un tableau pittoresque.
Quel esprit infecté,
Quel monstre inhumain
N'a pas su respecter
Ce travail de romain.

Quel esprit de vautour,
Quel moteur de désordres,
De renverser ta tour,
Aurait donné des ordres.

Rien ne peut me surprendre
Sur ce beau point de vue,
Si loin qu'elle peut s'étendre
Je peux porter ma vue ;
A ma droite un canal
Qui sillonne la plaine
De belle eau de cristal,
Efface une fontaine.

Sur un beau mamelon,
J'aperçois droit en face
Une grande maison,
Une belle terrasse.
Sous son toit généreux,
La veuve, l'orphelin,
Le pauvre malheureux
Trouvent toujours du pain.

En bas du mamelon
Voyez ce grand chemin,
Séparer sa maison
De son joli moulin.
A côté du moulin
C'est la papeterie,
Son papier à la main
Blanchi par la chimie.

Je compte les arceaux
De ton grand pont de pierre,
Et tes nombreux canaux
Qui serpentent la terre ;
Un amas de maisons
Formant amphithéâtre,
Font dans ce beau vallon
Un superbe théâtre.

Je vois le grand bâteau
Mouillé dans ton bassin
Qu'un habile pinceau
En donne le dessin ;
Je vois ce beau pays,
Dans cette vaste plaine :
Je veux parler ici
Du hameau de Varenne.

Mais pour bien découvrir
Le pays en entier,
Il faudrait me munir
D'une lunette a pied ;
De ce coup d'œil charmant
Je verrais Bergerac ;
Je vois facilement
Lalinde et Rotersac.

Je ne crois pas mentir,
De ce mont élégant
Je pourrais découvrir
Creysse avec Tiregant ;
Je ne suis pas jaloux
Si je sais mon métier,
Le plus riche à mon goût,
Eh bien c'est Moulidier.

Dans le même moment,
Pour me mettre à mon aise,
Je remarque à l'instant
Tuilière et St-Capraise.

Si vous êtes curieux,
Montez sur ce beau tertre ;
Vous verrez sous vos yeux
Ce paradis terrestre.

J'admire la bonté
De tes papeteries,
Je chante la beauté
De tes belles prairies,
Je chante le tableau
De ta belle vallée,
Couze, tu parais beau
Sous la voûte étoilée.

Quant on fait réflexion
A tes belles carrières,
Ta belle position
Entre tes deux rivières,
Ton aspect imposant,
Et sous ton beau ciel bleu,
Chacun dit en passant :
C'est l'ouvrage de Dieu.

Chacun le connais bien,
On le juge sans peine.
Paris ne serait rien
Sans les eaux de la Seine,
De même je soutiens
Que ma raison est bonne,
Lyon ne serait rien
Sans le Rhône et la Saône.

Mais vous en conviendrez,
Je n'ai pas toujours tort,
Dites, que deviendrais
Marseille sans son port ;
Mire toi dans tes eaux,
La ville du grand monde.
La beauté de Bordeaux
Eh bien, c'est la Gironde.

Couze moins important
Par sa population,
Mais il est bien plus grand.
Sa belle position,
Pour l'homme qui comprend,
Qui connaît le crayon,
Couze est beaucoup plus grand
Que Paris et Lyon.

Si Paris paraît grand,
Grâce à l'architecture ;
Mais Couze, mon enfant,
Tient tout de la nature.

J'ai toujours protesté
Contre toutes barrières ;
Je n'ai jamais aimé
Les villes sans rivières,

Je suis accoutumé
Aux ouvrages hydrauliques.
Je n'ai jamais aimé
Un pays sans fabriques.

Je vivais parmi vous,
J'étais bien jeune encor,
J'ai vu venir chez nous
Les cohortes du Nord,
Quant le noble débri
De l'armée de Pologne
Vint chercher un abri
Au bord de la Dordogne.

Quand on les éloigna
Par la force des armes,
Cela nous indigna,
Nous causa bien des larmes.
Je dis la vérité
En dépit de Tarquin,
Couze a toujours été
Sage et républicain.
S'il veut l'égalité
C'est par patriotisme ;
Il a trop supporté
Le joug du despotisme.
Ah ! combien je maudis
Le pédant, le poltron,
Qu'on voit comme un bandit
Changer de pavillon ;
J'aime la paix surtout,
L'équilibre en Europe.
Ce que j'aime avant tout,
C'est l'homme philanthrope,
Je soutiens l'opprimé :
Sans me faire connaître
Je n'ai jamais aimé
Ramper devant un maître,
J'ai toujours délaissé
La femme sans pudeur,
J'ai toujours méprisé
Le citoyen sans cœur.

Je comprends que le roi
Ruine le genre humain,
Eh bien voilà pourquoi
Je suis républicain.

Je dois prendre un parti,
Je reviendrai demain
Car j'ai déjà écrit
Beaucoup sur mon calepin.
Je prends mon chapeau blanc
J'ai froid sur la pelouse,
Puis en me promenant
Je vais descendre à Couze.

Je vais donc m'absenter
De ce lieu de délice,
Je vais pour visiter
Ton plus bel édifice.
Voyant ton chapiteau
Et ton petit autel,
Dieu quel coup de pinceau
Si j'étais Raphaël.

Près de ton monument
Sur une vaste place,
J'allais me promenant
En parcourir l'espace ;
Passant sur des tombeaux,
Une voix souterraine
Murmura quelques mots
Que j'entendis à peine.

Oh méchant étranger
Disait-elle à voix basse,
Tu viens pour m'outrager,
Me marcher sur la face.
Au nom de l'amitié
Es-tu dans le délire ;
Mon Dieu prend donc pitié
Du soldat de l'empire.
L'ayant bien entendu
Je fis un petit tour
Puis je suis revenu,
Le mort parlait toujours ;
Je me suis approché
D'une très-grosse pierre
Puis je me suis couché
Le ventre contre terre ;
Le mort, dans ce moment,
Parlais de sa souffrance,
Il prononçait souvent
Les malheurs de la France,
Comment la renommée,
Flambeau de l'univers
Se verrait désarmée
Par le monstre pervers,
Comment le grand Paris,
La grande capitale,
Se verrait-il soumis
A la ligue vandale ;
Comment nos bataillons,
Devant l'Europe entière,
Verrait nos pavillons
Rouler dans la poussière.
Oh ! non, ton apogée,
France, n'est pas perdue
Tu viens d'être affligée,
Des traitres t'ont vendue.
Que le monde, à son tour,
Fasse bien réflexion.
France, reste toujours
La grande nation.

Comment monstres inhumains,
Par une politique
Vous prétendriez demain
Saigner la République.

O France, écoute moi
Méprise les parjures
Moi qui suis mort pour toi,
Tout couvert de blessures.
Nous étions les martyrs
De deux ou trois canailles
Qui nous faisaient courir
De bataille en bataille,
Quand le peuple planté
Dans cette position
Le monstre contenté
Sa sale ambition ;
On te retarderas
Mais n'importe quand même
Tu te relèveras
Par un effort suprême.

J'ai comme la plupart
Des Français invincibles,
J'ai longtemps pris ma part
A nos guerres terribles.

Je quitte tout alors
Pour voler au succès,
Je partis pour mon sort
En mil huit cent sept.

Nous étions de retour
En mil huit cent douze,
Je vins finir mes jours
Dans mon pays à Couze,
Je vivais pauvrement
D'une pauvre retraite ;
Ah ! le gouvernement
Payait bien mal sa dette.

Là, je restai longtemps
Dans des réflexions.
Tout ce bruit important,
Méritait l'attention.
Je ne diffère plus
Sur ce que je dois faire ;
Ce que j'ai entendu
C'est la voix de mon père.

J'étais sur son tombeau,
L'arrosant de mes larmes ;
Je disais au bourreau,
Que fais-tu de tes armes,
Déclare ta colère,
Tourne les contre moi,
Tu outrages mon père,
En as-tu bien le droit.

De ce lieu de douleur,
Témoin des funérailles
L'on a fait par malheur
Renverser les murailles.
C'est un coupe-jarret,
Un homme du pouvoir,
Qui a fait cet arrêt.
Je tiens à le savoir.

RÉPONSE :

Oh non, ce changement
N'est pas un coup du ciel,
Mais c'est tout simplement
L'ordre ministériel.
Eh bien je le comprends,
Cette loi paraît bonne,
C'est le gouvernement,
Eh bien, je le pardonne.

Je le dis sans détour,
Je vous en prie en grâce,
Si vous venez un jour
Visiter cette place,
Passez à petit pas,
Respectez ce saint lieu,
Ne vous amusez pas,
Venez y prier Dieu,
Faites bien réflexion,
Remarquez où vous êtes,
Faites bien attention
A tout ce que vous faites,
L'auriez vous oublié,
Tous les hommes sont frères.
Vous foulez à vos pieds
Les cendres de vos pères ;
Respectez ce saint lieu,
Passant sur cette place,
Venez y priez Dieu,
Je vous en prie en grâce,
Priez y sans détour
Et vous n'y perdrez rien,
Vous passerez toujours
Pour un homme de bien.

On vous imposera
Par une loi sévère,
Car on vous forcera,
Changez le cimetière.

Je vous tiens ce propos ;
Il faut que je le dise,
Mais qu'il ne soit pas trop
Eloigné de l'église ;
Je dois vous l'observer,
Je vous l'ai dit d'abord,
Vous devez conserver
Du respect pour le mort.

Si vous le déposez
Dans un lieu trop sauvage,
Là, vous le méprisez,
Vous lui faites un outrage,
Enterrez le bien bas,
Respectez sa poussière,
Mais ne l'enterrez pas
Dans la masse de pierre.

Conservez votre applomb,
Remplissez votre tâche,
Souvent l'homme trop bon
A passé pour un lâche ;
Ainsi défendez vous,
Faites votre métier
Car on se sert de vous
Comme d'un marchepied.

LE CATACLISME

Un jour, l'été dernier,
Ma femme était inquiète ;
Je pris mon épervier
Je fus jusqu'à Vallette,
Enfin, pour contenter
Le goût de mon épouse,
Je voulais lui donner
Un poisson de la Couze ;
Mais je ne prenais rien,
Le temps était très-doux,
Je me suis dit : Eh bien,
Allons aux Guillandoux.
Un monsieur tout en sueur
Et courant à grand pas
Vint me dire : pêcheur,
Fou moi le camp de là
Qui t'as donné ce droit,
Çà n'est pas un chemin,
D reste, je te crois
Même republicain.

Je suis à mon chemin,
Monsieur, parlez plus bas,
Je suis républicain,
Mais vous ne l'êtes pas.
Ce qu'il y a de certain
Du reste, peu m'importe,
Jamais républicain
N'a parlé de la sorte ;
Car un homme de bien
Est un peu plus poli,
Quand on ne lui dit rien
Et qu'on n'est pas chez lui.

Il s'approche un instant
Agitant son bâton,
Tu vas dans le moment
Me demander pardon.

Ah tu reviens, manan,
Me dire cette injure,
Je vais dans le moment
Te casser la figure.

Vous êtes un insolent,
Vous me dites suspect,
Je vais dans le moment
Te manquer de respect,
De passer dans ce champ
Tu veux m'en faire un crime,
Mais tu n'est qu'un méchant,
Un faiseur de victimes,
Tu prends le bien d'autrui,
C'est le trait d'un coquin,
J'ai passé aujourd'hui
Je passerai demain.
Quoi, je t'ai offensé
En passant sur ce bord,
Mon père l'a passé,
J'y passerai encor ;
Tu n'est qu'un grand coquin,
Je te prie de te taire,
Et puis de ce chemin
Tu n'est pas propriétaire,
Dans ton emportement
Si tu me pousse à bout,
Je vais dans le moment
Te faire boire un coup.
Je te dis grand vaurien,
Pour grossir ta fortune
Tu ne respecte rien,
Tu voles la commune,
Tu fermes ce sentier,
Tu en bave de ta rage,
Tu gènes l'ouvrier.
Pour se rendre à l'ouvrage,
Le fabricant subi
Ta sale ambition,
Mais le droit d'un pays
N'a pas de prescription.

Voilà notre butor
Qui change de propos,
Il murmurait encor
En me tournant le dos,
Il me quitte sans bruit
Ronger par le remords,
Il arrive chez lui
Pâle comme la mort.
Quoiqu'il fait le mutin
Il se voit dans l'ornière,
Tout le long du chemin ;
Il bave de colère ;
Enfin, pour le guérir,
Tout le monde est debout,
On ne peut le tenir
Il paraît qu'il est fou.

Il prend un lavement
Au bout d'une minute,
Dans son appartement
Il renverse, il culbute ;
Pendant qu'il brisait tout
Dans sa chambre à coucher,
Tout le monde debout
N'ose pas s'approcher.
Enfin il est sorti
Dans une triste mise,
Car il n'avait sur lui
Qu'une simple chemise.
Ces yeux sont renversés
On ne voit que le blanc,
Ces traits sont effacés,
Il semble un revenant.
Le voilà dans la rue
Un bâton à la main,
Tout le monde se rue
Sur lui, mais c'est en vain.
Il frappe sans égard,
Tout le monde recule,
C'est le corps de César
Sur les jambes d'Hercule ;
Il a tout terrassé
Car sa rage est à bout ;
Chez lui tout est cassé,
Pas un meuble debout.
Enfin le forcené
Fut cherché un tison,
Le brigand m'a manqué
Je brûle ma maison ;

Mais çà n'est pas le tout,
Devant moi tout recule
Je veux brûler partout.
Il faut que Couze brûle,
Je veux tout arracher,
C'est un tas de brigands,
Je veux faire un bûcher
De tous ces habitants.

Enfin pour l'appaiser
Dans sa colère infâme,
On vint pour lui parler
De son fils, de sa femme.
Quoi faire, le tyran
A perdu la raison,
Quand soudain en hurlant
Appelle son garçon.
Je veux ta sœur aînée ;
Mais la voilà, mon père,
Va chercher mon épée,
Pour éventrer ta mère !
Vous aller allumer
Le feu sous cette grille,
Car je veux te brûler
Et toute la famille.

Avant de m'en aller
Et s'en sortir d'ici,
Je veux tout avaler
Quand tu seras rôti,
Je suis buveur de sang,
Je suis anthropophage,
Je suis monstre vivant,
Je suis bête sauvage ;
Moi je suis Lucifer
Au milieu de ces flammes,
Je dompterais l'enfer,
Je dévore les âmes.
Ce lui qui manquera
Cette vieille moustache,
Eh bien il apprendra
Que je ne suis pas lâche.
Celui qui passera
Dans ce champ sans rien dire,
Ou qui me manquera
Aura fini de rire.
Je le préparerais
Pour le mettre à la broche,
Et puis j'emporterais
Ces poumons dans ma poche ;
Je suis maître en ce lieu,
Je lance le tonnerre ;
Ne croyez pas en Dieu
Je gouverne la terre,
Ne croyez pas en Dieu
Je vous l'ai dit d'abord,
Je suis maître en ce lieu,
Je le répète encore.

Au son de cette voix,
Le maître de la terre,
Le bon Dieu cette fois,
Va lancer son tonnerre,
Dieu peut être offensé,
La chose était visible,
La terre en éprouvé
La secousse terrible.
La Couze était brouillée,
Calme comme un étang,
La Dordogne embrouillée,
Toute rouge de sang.
On voit dans le moment
L'horizon s'obscurcir
Et puis en même temps
La terre s'entrouvrir.

Chacun dans le moment
Voit s'entrouvrir l'abîme,
C'est le dernier moment
C'est le grand cataclisme.
Chacun réfléchit bien,
Mais on n'a peu d'espoir,
Car on n'y voit plus rien
A deux heures du soir.

La terre, cette fois,
Avait changé de face,
On voyait devant soi
Une énorme crevasse,
Chacun craignait vraiment
De tomber dans le gouffre.
Tout malheureusement
Craignant l'odeur du souffre.
Nous sommes après-midi
Et le tonnerre gronde,
Tout le monde se dit :
Voilà la fin du monde.
Prions, c'est le moment.
Pour calmer le tonnerre
Sans quoi le firmament
S'abattra sur la terre.

A quatre heures du soir,
Malgré l'odeur du souffre
On va s'apercevoir
Qui sortait de ce gouffre ;
C'est le roi de l'enfer,
Tout le monde est à plaindre,
C'est un monstre de fer
Impossible à dépeindre.

Il secoua longtemps
Ses oreilles pointues,
Il se grattait le flanc
De ses ongles crochues ;
Il portait ses cheveux
En forme d'une meule
Et des lames de feu
Lui sortaient par la gueule ;
Mais il fallait le voir
Sortir du souterrain,
Et porter en sautoir
Une chaîne d'airain.
Son nez était très long,
Ses regards redoutables.
Il portait sur le front
Deux cornes effroyables ;
Sa barbe, ses cheveux,
Etaient de fil de fer.
Pour résister aux feux
Terribles de l'enfer
Il portait son bouclier
Plié dans une nate ;
Un grand cercle d'acier
Lui servait de cravate ;
Il portait à sa main
Un terrible trident,
Son œil était vilain
Et tout rouge de sang,
Un bruit lugubre et sourd
Sortait de ses entrailles,
Il balançait toujours
Son corps couvert d'écaille.

On se cachait bien loin,
Tout le monde avait peur ;
Le monstre avait au moins
Trente mètres d'hauteur ;
Par moment il sautait,
Jusqu'à perdre de vue,
Sa tête se perdait
Bien souvent dans la nue.
Deux serpents du désert
Lui servait de ceinture,
Et des bottes de fer
Lui servaient de chaussure.
L'horreur du genre humain,
Vengeais bien sa rancune,
Brandissait dans sa main
Le trident de Neptune.
Enfin le monstre hideux
Effrayait les campagnes,
Et de son bras nerveux
Renversait les montagnes.

Notre homme en le voyant,
A paru tout capot ;
Le monstre en l'abordant
Lui tenait ce propos :
Quoi, sans cœur endurci,
Je vais t'apprendre à vivre ;
Ah je suis sans merci,
Coquin tu dois me suivre.
Il s'approchait de lui
D'une allure paisible,
Ensuite il le saisit
De sa griffe terrible.

Malgré tout ton aplomb
Et ta grosse fortune,
C'est moi qui suis Pluton,
Le frère de Neptune.
Eh bien me connais tu
Je suis roi de l'enfer,
Je suis Pluton, de plus
Frère de Jupiter ;
Tu manques à ton devoir,
J'ai tout lieu de le croire,
Tu dois bien le savoir
Cherche dans ta mémoire.
Tu n'as point de pitié,
Tu vieillis dans le vice,
Je vois pourtant ton pied
Au bord du précipice.
Terrible usurpateur
Tu ruines le pays,
Tu lui fais son malheur,
Tu ne fais rien pour lui.
Tu te crois immortel,
O monstre de nature,
Mais un jour l'Eternel
Vengera ton injure.

Là tu seras jugé
Par son grand tribunal,
Et tu seras plongé
Dans le gouffre infernal.

En lui disant pourquoi
De son bras redoutable
Le mis dans son carquoi
Tout comme un grain de sable ;
Il revient sur ses pas,
Agitant son trident ;
Chacun disait tout bas,
Il l'emporte vraiment ;
On le voyait passer,
Il marchait à pas lents,
Puis il fut s'enfoncer
Dans le gouffre béant.
On entendait un bruit
Qui n'était plus le même,
Car aussitôt sur lui
La terre se referme.

On vit dans le moment
Le soleil apparaître,

L'eau reprend son courant,
Le beau temps va renaître.
Le peuple est pénétré
Qu'après ce coup fatal
Le bonheur va rentrer
Dans son etat normal.

Ah ! depuis ce grand jour,
Couze a beaucoup changé,
Parlez en tour à tour,
Même au plus étranger ;
Qui passera là-bas,
Au bord de la rivière,
On ne le fera pas
Reculer en arrière.
Des hommes genéreux
En tiendrons l'équitibre ;
Nous serons tous heureux,
Le chemin sera libre.
Courons vite au saint-lieu
Prier pour le coupable.
Le bonheur vient de Dieu
Tantôt il vient du diable.

COUZE

Air : *Plaignez mon infortune.*

De ce charmant rivage
J'aperçois le rocher,
De mon joli village
Je revois le clocher ;
Du lieu de ma naissance
Je vais revoir le toit,
Après trente ans d'absence
Mon cœur est tout à toi.

Je viens dans tes parages
Soulager mon martyr ;
J'ai dans tous mes voyages
Gardé ton souvenir,
Cette reconnaissance
Enfin je te la dois,
Berceau de mon enfance
Mon cœur est tout à toi.

J'admire tes fabriques,
Connues de l'univers ;
Tes papiers mécaniques
Vont passer outre-mers.
Les puissances guerrières
S'en feront une loi,
Dirons dans leurs prières
Mon cœur est tout à toi.

J'ai l'humeur bien chagrine,
Car je crains un affront,
Je viens voir la machine
Qui fait le papier rond ;
L'inventeur honorable
A mérité la croix,
Courage infatigable
Mon cœur est tout à toi.

Que ton rare génie
Est utile aujourd'hui,
Voit cette colonie
Qui brûle ton produit ;
L'espagnol en goguette
Te diras comme moi,
Fumant sa cigarette,
Mon cœur est tout à toi.

Beau pays de Cocagne
Mire toi dans ton eau,
Oh riante campagne
Ah que ton ciel est beau ;
Les nations étrangères,
Le Grec et le Chinois,
Dirons dans leurs prières
Mon cœur est tout à toi.

Ici l'Être suprême
Contemple nos regards :
Je t'afflige, je t'aime,
Le berceau des beaux arts,
Ne pleure pas tes pères,
Ils sont tous près de moi,
Couze, je les vénère,
Mon cœur est tout à toi.

M∴ F∴

Thiers, août 1873.

L'ÉMOULEUR FRANÇAIS

Air : De Roger Bontemps.

Pour chasser l'humeur noire,
Qui nous porte malheur,
Buvons tous à la gloire
De l'honnête émouleur,
Il sait braver la crise
Du présent, du passé.

RefRAIN :

Gai, voilà la devise
De l'émouleur Français.

Travaillant le dimanche,
Pas souvent le lundi,
Le ventre sur la planche
Toujours jusqu'à midi,
Quand la lame est remise
Il est débarassé,

Gai, etc.

Pour se rendre à l'ouvrage,
Vous voyez ces ouvriers
Se frayer un passage
Par des étroits sentiers ;
L'hiver, bravant la bise
Sous un toit tout percé.

Gai, etc.

Arrivant à l'usine
Il caresse son chien,
Ensuite il examine
Si la roue tourne bien,
Il trousse sa chemise
L'engrenage est graissé.

Gai, etc.

Pour contenter le maître,
C'est un bien long détail,
Ensuite il faut bien mettre
Les enfants au travail,
La courroie était mise,
L'engrenage a cassé.

Gai, etc.

Quand une meule casse
C'est un bien grand malheur.
Il n'y a point de grace
Pour le pauvre émouleur,
Cette place est reprise
Sans forme de procès,

Gai, etc.

Mais l'été quand l'eau manque,
Il a très-bon crédit,
Quoiqu'il n'a pas de banque,
Sa femme, le jeudi
On la voit très-bien mise,
Son bonnet repassé,

Gai, etc.

Messieurs, je vous l'assure,
En dépit de Tarquin,
L'émouleur, je le jure
Est bon républicain,
Il vendrait sa chemise
Quand il s'est prononcé.

Gai, etc.

Pour notre indépendance,
Comptons sur l'émouleur,
C'est l'espoir de la France,
Çà n'est pas un trembleur ;
Il est quoi qu'on en dise
Patriote à l'excès,

Gai, voilà la devise
De l'émouleur francais.

M.

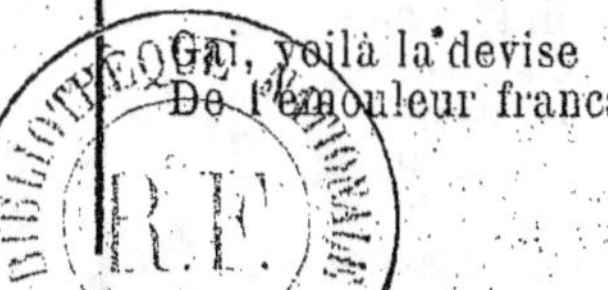

THIERS

Chacun passe à son tour
Quand la chose est utile.
J'ai chanté le faubourg
Je dois chanter la ville.
Agir tout autrement
Je me rendrais coupable,
A parler franchement
Serait-il raisonnable.
J'ai chanté mon pays
Comme bon souvenir,
Je dois chanter celui
Où je voudrais mourir.
Comme je n'ai pas d'or
Pour payer un fort prix,
Mais quand je serai mort
Enterrez-moi sans bruit ,
Pour arriver là-haut,
Pardon si je me trompe,
Le juge du Très-Haut
N'a pas besoin de pompe.
Vous connaissez Paris,
Vous avez de l'usage,
Ecoutez mon ami :
Vous aimez le voyage,
Vous pouvez être fier
D'avoir vu tant de chose.
Eh bien venez à Thiers,
Vous verrez autre chose,
Vous avez parcouru
La Beauce, la Champagne,
Mais vous n'avez pas vu
La Dore et la Limagne.
Vous avez vu Milan,
Ces statues de marbre,
Ça ne vaut pas pourtant
Le plateau des Douze-Arbres.
Du haut de ce grand mont
Cette vue frappe l'homme,
Vous découvrez Clermont,
Lezoux, le Puy-de-Dôme.
De ce beau point de vue,
Sans lunette d'approche,
Vous voyez Belle-Vue,
Saint-Remy, Chabreloche.
Voyez donc quel tableau
Sous vos yeux se dessine.

Voyez ce beau ruisseau
Qui baigne la colline,
Vous voyez ce peu d'eau,
Il va jouer grand rôle,
Ce tout petit ruisseau
Eh bien c'est la Durolle,
Vous voulez le savoir,
Mais on vous l'apprendras,
Ce cours d'eau fait mouvoir
Cinquante mille bras,
C'est un site si beau
Quoique peu d'apparence,
Mon cher c'est le ruisseau
Le plus riche de France,
Thiers est très-important
Par sa papeterie.
Il est plus étonnant
Par sa coutellerie,
Thiers sa papeterie,
Va partout à la ronde ;
Mais sa coutellerie
A fait le tour du monde.
Thiers par son industrie,
Sa grande connaissance,
Et son rare génie,
Fait honneur à la France.
A Thiers, les papetiers,
On l'a vu de tout temps,
Ont toujours travaillé
Pour le gouvernement.
Par malheur aujourd'hui
En France l'argent manque,
Eh bien, Thiers, mon ami,
Fait le billet de banque.
Vous avez sous vos yeux
L'âme de l'industrie,
Thiers brille dans les cieux
Par son rare génie.
Pour respecter les lois
Avec trop de scrupule,
Thiers c'est vu bien des fois
Tourner au ridicule.
Vous voulez le tromper
Eh bien le Puy-de-Dôme,
Ne voudra plus ramper
Au pouvoir d'un seul homme.

Thiers, le 25 novembre 1872.

LE FAUBOURG DU MOUTIER.

Comme tout vieux rentier,
Ennuyé de rien faire,
Au faubourg du Moutier
J'allai pour me distraire ;
J'entrai dans le faubourg
Par sa vieille barrière,
J'allai faire le tour
De son vieux cimetière,
Car ce lieu de respect
Et sa vieille muraille
Représentent l'aspect
D'un vieux champ de bataille ;
Mais ce qui fait d'abord
L'objet de vos regards,
On voit les os de mort
Semés de toutes parts ;
Puis tout en avançant
Que vois-je dans un coin
C'est un petit enfant
Qui faisait son besoin,
J'avançai plus avant
Partout même besogne,
C'est un gros chien grognant
Traînant une charogne.
Messieurs, ce que je dis
C'est avec réflexion,
Car j'en ai ressenti
Certaine indignation.
Enfin c'est un détail
Qui blesse la famille,
C'est que le grand portail
N'a ni porte ni grille.
Enfin juge, mon cher,
Pour les morts quel outrage,
Un cimetière ouvert
A la bête sauvage.

Enfin, sans m'arrêter
Il faut que je le dise,

J'ai voulu visiter
La beauté de l'église,

C'est un beau monument,
L'intérieur est trop nu,
Puis il est franchement
Trop mal entretenu.

Près de ce monument,
Sur une vaste place,
J'allais me promenant
En parcourir l'espace,
O grand Dieu quel tableau
Quand on vient du Belin
La beauté du château
Et son petit moulin
Où jamais le coquin
N'a chargé la charette,
Où jamais l'arlequin
N'a maltraité la bête.

Je voyais couler l'eau
Près d'un portail ouvert,
J'entendais le marteau
Résonner sur le fer ;
C'est là que l'industrie
Est venu s'indroduire,
C'est là que le génie
A fondé son Empire.
C'est le grand atelier,
Berceau de l'industrie
Où toujours l'ouvrier
A bien gagné sa vie.

Passez le premier pont
Puis regardez à gauche,
Voyez cette maison
Où jamais la débauche,

Le crime, l'infamie,
N'osât s'approcher d'elle ;
C'est l'âme du génie,
C'est le rouet modèle.

Traversant le faubourg
Voyez sa tannerie
Entendez le bruit sourd
De sa papeterie,
Par leur activité
Et leur travail d'abord
Elles ont mérité
Plusieurs médailles d'or.

Voyez ce beau moulin
Qui touche la barrière
Et puis son beau jardin
Au bord de la rivière,
Où jamais le trompeur
N'a servi pour valet
Où jamais le voleur
N'a chargé le mulet.

En traversant le pont
Le voyageur remarque,
Une vieille maison
En forme d'une barque.
Car ce vieux bâtiment,
Je me tue de le dire,
Masque complètement
La place du Navire.
Le passant dit c'est bon,
Ces gens n'ont pas de goût,
Cela n'est pas un pont,
C'est un vrai casse-cou.

Si vous voulez le soir
Passer la passerelle,
Si le temps est trop noir
Prenez une chandelle,
Car c'est bien malheureux,
Quoi qu'on l'a réparé
Qu'un lieu si dangereux
Soit si mal éclairé.
Comme le grand chemin
N'a ni mur ni barrière
Vous pourriez bien enfin
Tomber dans la rivière.

Parlez en à celui
Qui connaît le faubourg
Vous vous diriez la nuit
Renfermé dans un four.
L'égoïste s'efface
Refuse son concours.
Le poète le passe
La nuit comme le jour.

A ce que je vous dit
Faites bien réflexion,
Sa femme le jeudi
Vient à la provision
Pour acheter du veau,
Du beurre, du fromage,
Quelle tombe dans l'eau
Ça n'est pas bien dommage.

Vous qui avez toujours
L'amour de la patrie,
Respectez ce faubourg
Berceau de l'industrie ;
Mais combien c'est frappant,
J'avais peine à le croire
C'est que ses habitants
N'ont pas de l'eau pour boire,
Je tiens de bonne main,
Par une boulangère,
Qu'on pétrissait le pain,
De l'eau de la rivière.

Grand Dieu du haut des cieux,
Tu vois ce qui se passe,
Quand de tes propres yeux
Tu mesures l'espace ;
D'un faubourg tout en deuil
Ecoute la prière,
Et puis donne un coup d'œil
Sur notre cimetière.

Eh bien, depuis vingt ans,
Sous un malheureux règne,
Nous étions cependant
Tous à la même enseigne,
Au nom de l'empereur
Tout avait déserté :
La justice, l'honneur,
Même la vérité.

Oh règne des tyrans,
Bâtisseurs de bastilles,
Ont arraché les gens,
Au sein de leurs familles ;
Ils étaient condamnés
Par des cœurs corrompus
Puis ont les entrainés.
On ne les voyait plus.

L'empire recevait
Bien nos contributions,
Pour nous il ne faisait
Point de réparations.
Nous tenons ces propos,
Car c'est de l'infamie ;
Nous payons nos impôts,
Nous servons la patrie.

Eh bien, pendant vingt ans
Le faiseur des victimes
A trouvé des tyrans
Pour applaudir ses crimes ;
Ils se sont élevés
Aux sales habitudes ;
Ils en ont conservés
Toutes les platitudes.

Le temps a bien changé,
Changeons de politique,
Eloignons l'étranger
Servons la République.
L'homme ne fera plus
Abus de son pouvoir
Chacun bien entendu
Remplira son devoir.

Ne nous occupons pas
Des affaires étrangères ;
Mais pensons qu'ici bas
Tous les hommes sont frères.

Pendant toute la nuit
J'ai bien fait réflexion,
Je m'adresse aujourd'hui
A l'administration.
Je ne suis pas bâchelier
Quelques fois je me trompe,
Mais je viens pour le Moutier,
Demander une pompe ;
C'est de peu d'entretien,
Vous me rendrez justice,
La ville voudra bien
Faire ce sacrifice.

ESSAIS POÉTIQUES

Soit prudent, mon enfant,
Le méchant est à craindre,
Je te l'ai dit souvent,
Le souffrant est à plaindre.
L'ivrogne s'abruti,
L'avare est malheureux,
Le voleur s'applati.
Le sot est dangereux.
Le fainéant saligot,
Le poltron dégoutant,
Remarque le bigot,
Est toujours insolent.

L'usurier en dessous,
Ne rit que quand il gréle.
Le joueur sans le sou,
Cherche partout querelle.
Le gourmand dépravé,
L'orgueilleux malhonnête,
L'homme mal élevé
Ma foi je regrette,
Le traitre est un trompeur,
L'opulent, saltimbanque.
Le riche a toujours peur
Que son argent lui manque.

Mes amis c'est assez
Parler de ces coupables ;
Mais les fanatisés
Sont bien plus redoutables,
Tous ces hommes méchants
Parcourent la campagne ,
Et font en ce moment
Guerre à mort à l'Espagne.
De ces hommes audacieux,
De ces monstres indomptables
Nous avons sous nos yeux
Des crimes épouvantables.

Parlons de Solimant,
Fanatique pervers,
Un jour le musulman
Assassine Clébert.
Quel triste évènement,
C'était de bon matin,
On voit Jacques Clément
Un poignard à la main ,

Il a l'air empressé
Il veut parler au roi,
Et le fanatisé
Assassine Henri trois.

L'infamie s'éveilla
Aux cris du fanatisme,
Ce jour-là Ravaillac
Devait commettre un crime.
On voyait l'insensé,
Difficile à comprendre,
Mais d'un fanatisé
Que peut-on en attendre.
D'un sourire de miel,
D'une mine d'albâtre,
Puis pour gagner le ciel
Assassine Henri quatre.

Par un ordre donné,
La Saint-Barthélemy,
Le peuple assasiné
L'amiral Coligny.
Le crime audacieux
Va bien plus loin encor.
Car le superstitieux
Egorge sans remord.
Dieu ne le permet pas,
Vous en serez victime,
Ce que vous faites là
Ce sont de doubles crimes.

Le roi superstitieu
Inspiré par Satan,
Faisait au nom de Dieu
Feu sur le protestant,
Oh non, monstres insensés,
Barbares vicieux
Jamais fanatisés
N'habiteront les cieux.

N'allez jamais habiter un pays
fanatisé. Je vais vous dire ce que
je pense à ce sujet car j'ai appris
avec grand plaisir que vous allez être notre voisin au premier
jour.

Monsieur j'ai bien compris
Votre bonne nature,
Vous avez de l'esprit
Même de la fortune,
Vous êtes vieux rentier,
Vous êtes populaire.
Vous aimez l'ouvrier
Comme le prolètaire,
Vous êtes bien heureux,
Je sais par votre bonne,
Vous êtes généreux
Car vous faites l'aumône,
Vous avez tour à tour
Des pauvres à votre table,
Dieu bénira toujours
Un homme charitable,
Vous êtes très-humain,
Vous aimez l'industrie,
L'ouvrier sous votre main
Gagne fort bien sa vie,
Vous avez soutenu
La Nation et l'Etat,
Vous avez combattu,
Vous étiez bon soldat,
On vous a décoré,
Vous en êtes bien digne,
Vous n'avez pas pleuré
Pour porter cette insigne.
Mais nous vous connaissons,
Pour descendre plus bas,
Votre décoration
Vous ne la portez pas,
Vous êtes mal logé
Suivant votre grandeur,
Vous avez voyagé
Cela vous fait honneur,
Vous êtes médecin,
Vous faites des heureux,
Vous guérissez enfin
Beaucoup de malheureux.

Ah ! vous êtes doté,
Monsieur d'une belle âme.
Et Dieu vous a donné
Une excellente dame,
Ah vous avez aussi
Une excellente fille,
Vous êtes Dieu merci
Bon père de famille,

Votre fils est instruit
Il vous remplacera,
Il ne fait pas de bruit
Mais Dieu le bénira,
Nous en parlons souvent
Avez to s les voisins,
Dieu merci vos enfants
Feront bien leur chemin.

Il vient souvent chez nous
Nous parlons politique,
Il fera comme vous
Tout pour la République,
Ah que Dieu dans les temps,
Leur accorde ces grâces
Et que vos deux enfants
Marchent bien sur vos traces.
Vous devez le savoir,
Votre fils je l'estime,
De mon gendre, le soir,
Prend des leçons d'escrime,
Il est sûr de sa main,
Mais il n'est pas volage,
Soyez sûr et certain
Qu'il en fait pas usage,
Croyez, monsieur Jagneau,
Votre fils, monsieur Jules,
Est doux comme un agneau
Et fort comme un hercule ;
C'est un brave garçon,
Il est dans ses vingt ans,
Il a plus de raison
Qu'un homme de trente ans.
Mais quand il vient le soir
Il n'a point de repos,
C'est curieux de le voir
Manier un chassepot,
Il est très-amusant,
Il vient dans nos boutiques,
Il s'amuse faisant
Des tours gymnastiques,

Il aime s'amuser
Avec les vieillards.
Souvent il va danser
Avec les campagnards.
Il est fidèle ami,
Mais il n'est pas criard ;
Il est dans le village
Le plus fort au billard.
C'est le meilleur ami
Du curé du village.
Je vous promets qu'il rit
De son pélérinage,
Quand il joue c'est fini,
S'il voit que l'on le triche :
Mais son meilleur ami
C'est toujours le moins riche ;

On a beau le presser
Mais c'est toujours en vain.
Il aime s'amuser,
Mais ne boit pas de vin.
On le voit tour à tour
Visiter l'indigent,
Il se montre toujours
L'ennemi de l'argent.

A quoi bon ici-bas,
Ramasser tant de bien
Car quand on est là-bas
On n'a besoin de rien.

Mais il fallait le voir
Se tenir à sa place
Et faire son devoir
Quand il était en classe ;
Bien souvent il calcule,
Il est mécanicien,
On sait que monsieur Jules
Est très-bon musicien.
Il avait tour à tour
Les yeux sur son solfége,
Il emportait toujours
Le grand prix du collège.

Je connais son courage,
Ou du moins je le crois,
On dit que pour son âge
Il est très-fort en droit.
Né tout près de Lezoux,
Dans sa belle campagne,
Dans ce climat si doux,
Au cœur de la Limagne,
Elevé dans Paris,
Il tient tout de son père,
Républicain hardi,
Le cœur droit et sincère,
M. Jules, l'hiver
Va souvent à la chasse,
Mais comme il n'est pas fier,
On le voit quand il passe.
Chacun lui dit bonjour,
Comment vous portez-vous,
Mais enfin au retour
Monsieur entrez chez nous.
Monsieur, on vous connait,
Vous êtes de Lezoux,
Si le temps est mauvais,
Vous dinerez chez nous.

Il a bon appétit,
Car il trouve tout bon ;
Il aime le pain bis,
Un morceau de jambon,

C'est l'ami du paysan
Car il est si connu.
Qu'il dine bien souvent
Chez le premier venu,
On lui sert un bon plat
C'est rare s'il le touche,
Vous ne le verrez pas
Une pipe à la bouche.
Ce qui lui fait envie
C'est un rôti de veau,
Pendant toute sa vie
Il n'a bu que de l'eau,
S'il voit un citoyen
Manquer à son devoir,
Malgré qu'il ne dit rien
Il ne peut plus le voir ;
Bien souvent il nous dit,
Quand nous sommes ensemble.
Eh bien, mes bons amis,
Donnons les exemples,
Pensons qu'à l'avenir
Tout valide est soldat,
La France peut souffrir
Mais ne périra pas.
Chacun se comprendra,
Dissipons nos alarmes,
Tout Français apprendra
Le maniement des armes.

Monsieur Jules est doué
D'un si bon caractère,
Il est tout dévoué
Pour les soins de son père.
A l'heure du repas,
Ce fils si raisonnable,
Il faut que sa mama,
Soit la première à table ;
Il sera bon époux,
Car il a trop bon cœur,
Monsieur Jules a beaucoup
D'amitié pour sa sœur.

Eh bien, M. Jagneau
Est un ancien notaire,
Il habite un château,
Il en est propriétaire.

La Franc-Maçonnerie

ET LA

RÉCEPTION D'UN FRÈRE

France tu reprendras
Ta place dans l'histoire,
Quand l'instruction viendra
Gratuite obligatoire.
Quand le voile est levé
Apprends à te connaître,
L'homme bien élevé
N'a pas besoin de maître.

Des arts et l'industrie
Chez toutes les nations,
La franc-maçonnerie
Prendra des proportions,
Prions Dieu sans détours,
Pour le bien de l'Europe,
Qui protége toujours
Cet ordre philanthrope.

Comptons sur le concours
De cette Société,
On la verra toujours
Pour notre liberté,
Combattre le fléau
Qui menace la France,
Et mourir, s'il le faut,
Pour notre indépendance.

Voyagez, mon ami,
De Paris à Golconde,
Parcourez du pays ;
Faites le tour du monde,
Allez où vous voudrez,
Contentez votre goût,
Eh bien vous trouverez
Des francs-maçons partout.

Ce qu'ils ont de commun
Par une loi facile,
Si vous en manquez un,
Vous en manquez cent mille ;
Comprenez ma raison,
Vous l'ignorez peut-être,
Eh bien le franc-maçon
Est facile à connaître.

Ce signe glorieux,
Ce don de la nature,
C'est le cachet de Dieu
Posé sur sa figure ;
Vous ne le verrez pas
Mépriser l'indigent,
Mais ne le croyez pas
Trop ami de l'argent.

Il a l'air très-sensé,
Il en donne des preuves,
On voit qu'il a passé
De terribles épreuves.
Pour prendre son repas,
Il tient au confortable ;
Il ne demande pas
Tant de plats sur sa table ;

On a tort à sa vue
D'opposer des frontières,
Car à son point de vue,
Tous les hommes sont frères ;
Vous le verrez partout
Parler peu politique ;
Mais il aime avant tout
La sainte paix publique ;

Il fait la charité
Autant qu'il peut la faire,
Mais il a protesté
Contre l'art de la guerre,
Ceci arrivera,
Car la chose est visible,
Bientôt on ne verra
Plus de guerre possible ;

L'Europe formera
Une sainte alliance
Et nous témoignera
Bien sa reconnaissance,
Les crimes auront cessés,
Dissipons nos alarmes,
Et les fanatisés
Déposeront les armes.

Mais si par lâcheté,
Un manque à son devoir,
Et que la Société
Parvienne à le savoir,
Du jour qu'on est certain
Qu'il agit de la sorte,
Il est sûr l'endemain
D'être mis à la porte.
Pour éviter cela
La loi est très-sévère,
C'est qu'on ne reçoit pas
Les hommes à la légère.

Il passe un jugement
Non pas à son éloge,
Car il est sur le champ
Expulsé de sa loge.
Comme on fait de bons choix,
Tous ces désagréments
N'arrivent quelquefois
Pas quatre fois par an.

Je vois, mon cher ami,
Votre sang s'émouvoir,
Vous désirez aussi
Vous faire recevoir,
Vous êtes désireux
De faire un franc-maçon,
Vous êtes bien heureux,
Vous avez bien raison,
Ce qu'il y a de certain,
C'est à juste raison,
Il vous faut un parrain,
Et qu'il soit franc-maçon,

On vous présentera
Le bandeau sur les yeux ;
Puis on vous parlera
Du royaume des cieux ;
On vous entretiendra
Sur la géographie ;
Puis on vous parlera
De la philosophie.
Il faut vous rappeler
Toute votre mémoire.
Car on va vous parler
Tout à l'heure de l'histoire ;

Oh non le franc-maçon
N'est pas homme incrédule,
Mais on l'a sans raison
Frappé du ridicule ;
Il veut la liberté,
Honore les vertus,
Mais il a protesté
Contre tous les abus.

Êtes-vous bien savant
Sur la mathématique,
On va dans le moment
Vous parler de physique,
Il vous faut être né
De famille honorable,
Puis qu'on vous ait donné
Un état convenable.
Un maître vous conduit
Et vous donne l'exemple,
Votre parrain vous suit
Pour entrer dans le temple

Chacun est sur son banc,
En ligne de bon ordre,
Chaque frère présent
Porte la main à l'ordre.
Pensez sérieusement,
Vous en verrez l'aspect,
Vous êtes en ce moment
Dans un lieu de respect,
Vous êtes assuré
Dans un lieu respectable,
Vous etes entouré
De lumière capable ;

Nous vous l'avons prêché,
Tous les hommes sont frères,
Mais cependant sachez
Qu'il y a des lois sévères.
Vous êtes raisonnable,
Vous êtes très-discret,
On vous juge capable
De garder un secret.

Vous entendez du bruit,
Parler plusieurs personnes,
Puis vous êtes conduit
Entre les deux colonnes.
Vous êtes dans des lieux,
Vous êtes mal vêtu,
Le bandeau sur les yeux,
La moitié du corps nu.
Vous ne pouvez rien voir,
Pendant que tout s'apprête
On vient vous faire asseoir,
Mon cher, sur la sellette.

Voyez-vous ce travail,
Faites bien attention,
C'est un petit détail
Sur votre réception.
Je vous parle en ami,
Dans mon petit ouvrage
Il ne m'est pas permis
D'en dire d'avantage.

Paroles du vénérable au nouveau reçu :

Avant de lui enlever le bandeau, encore à genou sur le premier degré, la main gauhe sur le cœur, la droite sur le niveau, l'équerre et le compas, en face du Christ, pendant que tous les FF∴ forment la voûte d'acier.

Faites bien attention
Chacun vous donne exemple,
Et faites réflexion
Vous êtes dans le temple,
Avant que de passer
La règle obligatoire,
Ici va commencer
Votre interrogatoire,
Quand le maître a compris
Que vous êtes capable,
Là vous êtes introduit
Devant le vénérable,
Pour être agréable à Dieu
Nous sommes charitables,
Montrez-vous en tout lieu
Utile à vos semblables,
Vous ne l'ignorez pas,
C'est dit dans nos prières,
Vous savez qu'ici-bas
Tous les hommes sont frères,
Soulagez l'orphelin ;
Voulez-vous qu'on vous aime,
Aimez votre prochain
Tout autant que vous-même.
Si vous êtes patron,
Vous aimez l'ouvrier,
Il faut en franc-maçon
Le faire travailler ;
Vous savez épargner,
Vous êtes raisonnable,
Vous lui faite gagner
La journée convenable.
Si vous êtes bon père,
Vous êtes bon époux ;
Vous serez un bon frère,
Car nous comptons sur vous.
Ne soyez pas bâvard,
Vous vous rendriez coupable ;
Apprenez qu'un mouchard
N'est jamais pardonnable.
N'attendez pas enfin
Qu'un pauvre vous demande,
S'il se trouve sans pain,
Faites lui votre offrande,
Mais quand un malheureux
Se trouve sans ressources,
Si vous êtes heureux,
Ouvrez lui votre bourse.
Que cette donation
Ne soit jamais publique,

C'est notre religion,
C'est la loi maçonnique.
Mais il est un péché,
Qu'à nos yeux est un crime ;
Chacun le tient caché,
Ah c'est le fanatisme !
Ah ! mon frère, aujourd'hui,
Vous l'avez deviné :
Eh bien tout le pays
En est empoisonné.
Croyez-moi, je vous prie,
Car ils ne sont pas rares,
Mais je vous en supplie,
Méprisez les avares.
Jurez-nous sans détour
Sur la foi de votre âme,
Que vous aurez toujours
Du respect pour la femme ;
Faites-nous le serment,
On vous l'a dit tout bas ;
S'il en est autrement,
On ne vous reçoit pas ;
Sachez bien vous connaître,
Réfléchissez surtout
Car la femme est un être
Bien plus faible que vous
Ça serait un affront,
Que chacun s'en occupe,
Sachez qu'un franc-maçon
Ne fait jamais de dupe.
Méprisez le vilain,
Nos lois vous le commande,
Soulagez l'orphelin
Je vous le recommande.
Vous venez parmis nous,
C'est avec parti pris,
Nous travaillons beaucoup,
Vous serez mal compris ;
Nous vous en prévenons,
Prenez-le pour certain,
Mais chez les francs-maçons
On boit très-peu de vin.
Chacun fait attention
Pour tenir l'équilibre.
Pour votre religion
Vous serez toujours libre.

Mais le peuple est victime,
Faites-bien réflexion,
France le fanatisme
Dégrade la nation.

Après le discours du V.·., l'apprenti qui est dans une position pénible depuis bien longtemps et qui vient également de passer par des épreuves très-pénibles, autant physiques que morales, car on vient de lui tracer le portrait de la vie, qui est très-orageuse sous tous les rapports. Pour être reçu franc-maçon, il ne faut pas l'ignorer, il faut apprendre à vivre et à mourir et être utile à ses semblables suivant nos moyens et nos capacités ; il est bon de savoir que ces quelques jours que Dieu nous donne, nous devons les employer sagement et ne pas vivre rien que pour nous seul ; il est bon de comprendre que l'homme qui ne vit que pour lui seul n'est pas digne de vivre, car l'homme qui vit au préjudice de ses semblables ne voit jamais Dieu. Ne penser qu'à gagner de l'argent n'est pas vivre ; nous ne sommes pas ici pour bien longtemps.

Il nous faut tâcher de laisser après nous des bons souvenirs, faire à notre prochain ce que nous voudrions qui nous fût fait à nous mêmes ; c'est-à-dire vêtir le pauvre qui a froid, donner du pain à celui qui a faim, donner de l'instruction à celui qui en manque, donner du travail à l'homme valide et une journée pour qu'il puisse vivre et élever ses enfants, mettre sur la bonne voie ceux qui s'en écartent, donner de la lumière à l'homme fanatisé, car il est à plaindre et même dangereux, et proclamer toujours et partout l'instruction gratuite et obligatoire.

Par ces moyens la France reprendra sa place, car elle ne doit pas périr, et que par sa position géographique elle sera toujours la grande nation ; penser à la perte de la France serait une lâcheté de notre part ; pour la relever il faut de l'ordre, de l'instruction et du travail, eh bien tout cela nous est possible ; pour être franc-maçon, il faut bien remplir toutes ces formalités.

RÉPONSE DU NOUVEAU REÇU AU VÉNÉRABLE :

Ah ! notre digne vénérable,
Je vous en remercie beaucoup
De m'avoir bien jugé capable
De venir m'asseoir près de vous.
Croyez-le je vous en supplie,
Croyez-le c'est mon opinion ;
Eh bien la franc-maçonnerie
C'est mon unique religion ;
Je vous remercie mes chers frères,
J'en ai besoin j'en suis certain,
Mais je compte sur vos lumières
Pour me conduire au bon chemin ;
Ceux qui nous tournent au ridicule
Je les connais les malheureux,
Ils font le mal sans scrupule,
Ils ne seront jamais heureux ;
Ils ont un but, mes très-chers frères
C'est de duper l'homme indigent,
Ils veulent vivre sans rien faire,
En dépensant beaucoup d'argent ;
Ils ont tous consulté l'oracle,
Ils ont damné les francs-maçons.
Ils vont de miracle en miracle,
Ils ont composé des chansons.
Sous le bandeau du fanatisme,
Ils enchaînent la liberté,
Malheur à la pauvre victime.
Bien souvent par trop de bonté,
On voit s'écouler les années
Et le peuple est toujours trompé ;
Mais, Français, de nos destinées,
Le bon Dieu s'en est occupé ;
Il veut le bonheur de la France ;
Lui seul nous soutient ici-bas,
Il veille à notre indépendance,
La France ne périra pas.

BALLANDE-FOUGEDOIRE.

L'AVARE DEVANT DIEU

As tu bien soulagé
La veuve et l'orphelin,
Et au pauvre affligé
As-tu donné du pain.
Tu me faisait languir
Pendant une élection,
Je te voyais agir
De certaine pression ;
Pour exploiter l'ouvrier
Tu faisais le cafard,
Et dans ton atelier
Tu aimais le mouchard.
Tu me faisais pitié,
Car je te voyais faire
Quand le pauvre ouvrier
Recevait son salaire,
Tu me faisais frémir,
Tu lui jouais le tour,
Tu savais retenir
Un quart d'heure par jour.
Pour avoir des emplois
Et des décorations,
Je t'ai vu quatre fois
Changer de pavillons.
Je te voyais un jour
Visiter un grenier,
Là tu jouais le tour
D'un terrible usurier ;
Je te voyais chez toi
Quand tu vendais ton vin,
Tu jouais devant moi
Le rôle d'un coquin ;
Je t'ai vu par hasard
Marchander la volaille,
Comme dans ton regard
Tu paraissais canaille.
Mais quand tu marchandais
Chez ton marchand tailleur

Toujours tu tripotais,
Parle moi grand voleur.
Je plains le serrurier
Qui faisait tes serrures,
Je plains le cordonnier
Qui faisait tes chaussures.
Chez toi ton fournisseur
Était toujours victime,
Tu savais, grand voleur,
Retenir le centime,
Pour laisser de l'argent
A toute ta famille.
N'as-tu jamais tyran
Trompé l'honnête fille,
N'as-tu jamais à tort
Pris au gouvernement,
N'as-tu jamais butor
Menti villainement.
Pendant tout ton vivant
Tu me priais sans cesse,
On te voyais souvent
Hypocrite à la messe.
Tu n'étais qu'un bigot,
Un faiseur de victime,
Apprends qu'un faux dévot
A mes yeux c'est un crime.
Je t'ai bien remarqué,
Je te rendrai justice,
Mais ton front est marqué
Du sceau de l'avarice ;
Tu diras que j'ai tort,
Mais je m'en aperçois
L'avare veut de l'or,
A quel prix que ce soit.
Il possède un état,
Mais il le gâte enfin,
S'il ne réussit pas
Il se fait assassin,

Mais si ça lui convient
Il s'y prend autrement,
Alors il ne dit rien,
Il vole adroitement;
Quoi qu'il les tiens cachés,
Ici nous les savons,
Eh bien tous tes péchés
Nous les condamnerons.
Je te l'ai déjà dit
Je vois des intrigants,
Je juge des bandits,
Des chefs de brigands.
Ah je suis sans merci,
Je te rendrai justice,
Le plus grand crime ici
Eh bien c'est l'avarice.
Je te connais fripon,
Monte sur ce plateau,
Tu pèses comme un plomb
Qui doit rester dans l'eau.

Tu n'étais qu'un bandit,
Je sais qu'au lit de mort,
Tu étais, je te dis,
Rongé par le remords,
On ne peut juger mal
La balance à la main,
C'est le grand tribunal
De tout le genre humain.
On ne peut dans ce lieu
Te juger autrement,
Tu parais devant Dieu,
C'est le grand jugement.
Dans ton vilain métier,
Quand tu priais pour moi,
Mais tu n'as travaillé
Avare que pour toi;
Tu l'as bien mérité,
On t'a chargé de fers,
Tu es précipité
Dans le fond des enfers.

LA PAROLE DE DIEU

ou

Une loge maçonnique en Paradis.

L'avare est enlevé,
Il a fini son rôle,
Tout le monde est levé,
Dieu reprend la parole :
Messieurs, de ce moment,
Par une loi publique,
Que mon gouvernement
Soit une république.
Vous ne l'ignorez pas
J'aime les prolétaires,
Mais que font-ils là-bas,
Messieurs mes mandataires.
Vous trouvez étonnant,
Messieurs quand je m'emporte ;
J'ai envie maintenant
De tout mettre à la porte.
Consultez mes écrits,
Voyez cette crapule,
Tous ces faiseurs de bruit
Me tourne au ridicule.
Pour moi ça n'est pas gai
Avec tout leur tapage,
Je suis bien fatigué
De leurs pélérinages.
Soyez en assuré,
Comprenez ma raison,
Aujourd'hui vous saurez
Que je suis franc-maçon.
Eh bien je vous le dit,
Je vous fais mon éloge,
Mais dans le paradis
Vous aurez une loge ;
L'Europe est en partie
Au bord des précipices,
La franc-maçonnerie
Corrige tous les vices.
Nous sommes au saint lieu
Tout nous est favorable,

Et sur ma foi de Dieu
Je serai vénérable.
Ecoute mon ami St-Pierre,
Je connais ton esprit vaillant,
Pour me faire plaisir, j'espère,
Tu seras premier surveillant ;
Pour débuter dans notre affaire,
Ecoute mon ami saint Jean,
On a besoin de ta lumière,
Tu seras second surveillant ;
Ne restons pas sur les qui vives
J'ai parlé au bon saint Bernard,
Saint Gervet garde les archives,
Saint Luc sera porte étendard.
J'ai bien cherché dans ma mémoire
Pour compléter notre atelier,
Mes amis, le bon saint Grégoire
Sera le frère hospitalier.
Pour le maître des cérémonies
Nous prendrons le bon st-Sauveur
Quand nos listes seront bien rem-
Nous choisirons notre orateur [plies
Mais ne nous pressons pas,
Nous aurons du bonheur
Notre bon saint Thomas
Sera frère couvreur.
Il nous faut un servant.
Nous avons saint Hilaire,
Saint Roch est un savant
Il sera secrétaire ;
Pour notre trésorier,
C'est la place honorable,
Nous prendrons saint Didier,
Car il est bon comptable.
Eh bien nous marcherons
Mes frères avant deux mois,
Nous nous occuperons
A faire des bons choix.

CONCLUSIONS

Entends ma faible voix,
Divine Providence,
Je viens de bonne foi
Te prier pour la France ;
Prêtes nous ton concours
Pour sauver la Patrie,
Mais protége toujours
La Franc-Maçonnerie.
Français soyons unis,
Évitons le divorce
On vous l'a toujours dit
L'union fait la force.
Ici, je réfléchis,
Sur l'espoir qui me reste,
Le ciel de mon pays
N'a pas écrit sa perte,
Car j'attends la revanche
Je ne perds pas espoir,
J'ai vu la brebis blanche
Faire son agneau noir.

BALLANDE-FOUGEDOIRE, M.